Pascal Garnier · Dagmar Geisler
Mama voll im Trend

Dieses Buch gehört:

Pascal Garnier

Mama voll im Trend

Mit Bildern
von Dagmar Geisler
Aus dem Französischen
von Barbara Zoschke

Ravensburger Buchverlag

Die Deutsche Bibliothek – CIP-Einheitsaufnahme

Ein Titeldatensatz für diese Publikation ist bei
Der Deutschen Bibliothek erhältlich

**Die Schreibweise entspricht den Regeln
der neuen Rechtschreibung.**

3 2 1   01 02 03

Die französische Originalausgabe erschien unter dem Titel
„La bleuite aigue" bei Père Castor Flammarion
Text © 1997 Père Castor Flammarion
Die Übersetzung von Barbara Zoschke wurde gefördert
vom Ministerium für Arbeit, Soziales und Stadtentwicklung,
Kultur und Sport des Landes Nordrhein-Westfalen.

Ravensburger Blauer Rabe
© 2001 für die deutschsprachige Ausgabe und die Illustrationen
Ravensburger Buchverlag Otto Maier GmbH
Umschlagbild: Dagmar Geisler
Redaktion: Denise Vöhringer
Printed in Germany
ISBN-3-473-34168-1

www.ravensburger.de

Inhalt

1. Blauer als Blau

Uff! Endlich klingelte es! Den ganzen
Morgen hatte Fabian geistesabwesend
dagesessen und auf die Uhr gestarrt. Es
war Freitag. Zur Belohnung für seine
guten Noten im vergangenen Monat hatte
seine Mutter ihm versprochen, mit ihm zu
Mc Donald's und anschließend ins Kino
zu gehen.

Die Schulflure hallten vom Lachen und Schreien der Kinder. Sie hatten sich so lange beherrschen müssen. Es war wie ein Dammbruch, als sie brüllend den Pausenhof überquerten.

Fabian kam als einer der Ersten heraus. Aber wo war seine Mutter? Unter allen Eltern, die auf dem Bürgersteig warteten, konnte er sie nicht entdecken.

„He, Fabi, kommst du mit uns?"

„Nein, ich warte auf meine Mutter. Wir gehen ins Kino."

Auf der anderen Straßenseite stand eine

Frau mit komischen Haaren. Sie winkte
Fabian zu, als wäre ihr Arm ein Scheiben-
wischer. Irgendwie kam sie Fabian
bekannt vor … Jetzt überquerte sie die
Straße und streckte ihm lachend die Arme
entgegen.

„Schatz, ich winke schon eine Ewigkeit.
Erkennst du mich nicht?"
Fabian verschlug es vor Schreck die
Sprache. So blaue Haare hatte er noch
nie gesehen. Sie waren so blau wie ein
Müllsack oder noch eher: so blau wie der
Himmel auf einer Postkarte.

„Mama …?" Fabian fühlte, wie seine
Ohren feuerrot wurden.

Seine Freunde bogen sich vor Lachen.
Wie peinlich!

„Haha! Die Mutter von Fabian sieht aus
wie Schlumpfelinchen!"

Peng! Sehr gut! Der dicke Blödmann
Anton war gerade voll gegen das Schild
von der Bushaltestelle gelaufen.

„Was ist, Liebling, gehen wir?"

„Warum hast du das getan, Mama?"

„Ist mal was anderes. Ist doch lustig,
oder?"

„Nein."

Fabian überholte seine Mutter und ging
mit gesenktem Kopf vor ihr her. Er sah aus
wie ein wild gewordener Stier.

„Fabian … wo gehst du hin? Und das
Kino?"

„Ich gehe nach Hause."

Seine Mutter kam kaum hinter ihm her.
Fabian achtete genau darauf, dass er
immer mindestens drei Schritte Abstand
zu ihr hatte. Um nichts in der Welt wollte
er, dass jemand erfährt, dass er der
Sohn dieser Hexe mit den
blauen Haaren ist.

Pech gehabt. Als sie gerade vor ihrem
Haus angekommen waren, trafen sie
natürlich Frau Cordobard, die Tratschtante
des Viertels. Jetzt wusste die ganze Stadt
Bescheid.

„Oh! Frau Delorme, was haben Sie denn
mit Ihren Haaren gemacht?"

„Ich habe sie blau gefärbt. Der Himmel ist
so düster und grau, da tut es richtig gut,

blau auf dem Kopf zu sein. Wie gefällt es
Ihnen denn, Frau Cordobard?"
„Es ist … modern."
„Und dir, Fabian, gefällt es dir?", wollte
Frau Cordobard wissen.
Fabian antwortete nicht. Er drückte das
Gartentor auf und lief zum Haus. Er wollte
nur noch die Tür hinter sich schließen und
vom Erdboden verschwinden.

Seine Mutter kam in sein Zimmer. Sie guckte böse und setzte sich ans Fußende seines Bettes. Fabian hatte sich in der Ecke zu einer Kugel zusammengerollt und schielte zu ihr hinüber. Er mochte es nicht, wenn seine Mutter traurig war. Blaue Haare sind ja eigentlich auch gar nicht schlimm, aber ihre waren wirklich zu blau. Für zu Hause ging es ja noch, aber sie konnte doch so nicht auf die Straße gehen.

„Warum hast du dir keine Perücke gekauft?"

„Weil die unangenehm zu tragen ist. Man schwitzt darunter. Sieh das doch nicht so eng, Schatz. Guck mal in meine Zeitschriften. Fast alle Fotomodelle haben gefärbte Haare. Blau, Rot, Grün."

„Du bist aber kein Fotomodell, sondern meine Mutter!"

„Na und? In einem Monat werden dutzende so herumlaufen."

„Das würde mich aber sehr wundern, wenn die Mütter von Julia, Thomas oder Sebastian sich die Haare so färben würden!"

„Ach die, die ziehen sich an, als wären sie fünfundsiebzig Jahre alt. Du stellst dich ganz schön an. Du, du brauchst unbedingt Jeans von der und der Marke, Sportschuhe von jener, die Kappe von wieder einer anderen und die Jacke von der nächsten. Nun sag mal, ich bin ja wohl auch noch jung genug, um mit der Mode zu gehen."

„Nein, du bist zu alt!"

Fabians Mutter verzog das Gesicht, als hätte sie in eine Zitrone gebissen, dann zuckte sie mit den Schultern und ging hinaus.

Du bist zu alt …

Das war nicht gerade nett und außerdem
hatte Fabian das noch keine Sekunde
lang wirklich gedacht. Er war immer sehr
stolz auf seine Mutter. Manchmal hielt
man sie sogar für seine große Schwester.
Aber auch seine Schwester sollte keine
blauen Haare haben.

Diese Schande, am Montag, wenn er
seine Freunde in der Schule wieder treffen
würde … Er hörte sie schon rufen:
„Fabians Mutter hat sich wohl in der
Jahreszeit vertan. Bei der ist immer noch
Karneval!"
Das tue ich mir nicht an, dachte Fabian.
Ich muss abhauen, und zwar möglichst
weit weg. Zum Beispiel zu Onkel Raimund

nach Le Havre. Von dort nehme ich ein
Schiff zu einer verlassenen Insel …
Das ist aber wirklich weit, dachte Fabian.
Da muss ich weg von zu Hause, von
meinem Viertel, von meinen Freunden.
Und wenn er ihnen erzählen würde, dass
seine Mutter eine schlimme Krankheit hat,
von der man blaue Haare bekommt? Über
jemanden, der schwer krank ist, macht
man sich schließlich nicht lustig. Die
Krankheit brauchte natürlich einen
Namen, irgendetwas, das sich gefährlich
anhört.
DIE BLAU…? DIE ANSTECKENDE
BLAU… DIE BLAUSUCHT!
Nicht schlecht.
„Fabian, komm essen!"

2. Rot vor Scham

Das Wochenende verlief ganz gut. Fabian
konnte die Haare seiner Mutter fast
vergessen. Zum Glück hatte es nämlich
ununterbrochen geregnet. Sie waren nicht
aus dem Haus gegangen.
Und am Montagmorgen auf dem Weg zur
Schule erfand Fabian eine Geschichte,
mit der er jedem das Maul stopfen konnte,
der ihn ärgern wollte.
Und davon gab es jede Menge. Kaum war
er auf dem Schulhof angekommen, baute
sich der dicke Blödmann Anton vor ihm
auf.
„He, deine Mutter hat wohl …"
„Sei still! Über Todgeweihte macht man
keine Witze."
„Was???"
Fabian wartete mit düsterer Miene, bis er

von einem Grüppchen Schüler umringt
war.

„Ich wollte es euch nicht sagen, aber
meine Mutter hat eine schreckliche
Krankheit. Die ansteckende Blausucht."

„Die ansteckende Blausucht???"

„Ja, das ist eine sehr seltene Krankheit.
Sie kommt aus Mexiko."

„War deine Mutter in Mexiko?"

„Natürlich. Erst werden die Haare blau, dann fallen die Nägel aus, dann die Zähne und am Ende stirbt man."

„Oje! Du Armer! Das ist ja furchtbar!"

Fabian spürte, wie sich das Blatt zu seinen Gunsten wendete. Es war berauschend, wie die anderen ihm mit offenen Mündern und großen Augen zuhörten. Fabian fügte

noch finstere Einzelheiten hinzu:
Schuppen, die die Haut überziehen, Pilze,
die unter den Armen wachsen. Kurzum, er
war der Held des Tages. Sogar Julia, die
ihn sonst nie beachtete, schaute ihn
ständig an und klimperte mit den
Wimpern. Die ansteckende Blausucht.
Was für eine Erfindung. Der Tag hätte
nicht besser laufen können.

Aber als Fabian aus der Schule kam, traute er seinen Augen nicht. Seine Mutter wartete wie immer auf ihn. Sie lächelte zaghaft. Auf dem Kopf trug sie eine feuerrote Lockenpracht, die aussah wie ein umgestülpter Topf Spiral-Nudeln mit Tomatensoße.

Der dicke Blödmann Anton stieß ihn im Vorbeigehen mit dem Ellenbogen an.

„Mit deiner Mutter wird's ja immer schlimmer. Tomatenrot, Mohnblumenrot, Granatapfelrot …"

„Ja Fabian, ich weiß, ich werd's dir erklären …", meinte seine Mutter. „Sag mal, was ist eigentlich mit deinen Freunden los? Warum stehen die da hinten und kommen nicht her?"

Fabian war am Ende. Seine Schultasche
wog eine Tonne und der Himmel auch.
Wenn man ein Chamäleon zur Mutter hat,
konnte man sich über nichts mehr freuen.
Nicht über Süßigkeiten und nicht übers
Fernsehgucken.

„Aber lass es mich doch erklären! Als
ich gemerkt habe, dass dir meine blauen
Haare nicht gefallen, bin ich noch mal
zum Frisör gegangen. Ich wollte wieder
meine natürliche Haarfarbe haben. Aber
es ging nicht, ich sah unmöglich aus. Die

Haare mussten sogar geschnitten werden. Die Frisörin hat alles versucht. Nur Rot deckte noch. Sie meinte, es würde mir sehr gut stehen."

Fabian fragte sich, wie man eine Frisörin umbringt. Indem man sie im Shampoobad ersäuft? Indem man sie zwingt, diese Mistfärbemittel zu trinken?

„Ach! Dann sei doch weiter bockig", rief seine Mutter genervt. „Ich habe jedenfalls rote Haare. Punkt! Du tust ja so, als hätte ich eine Krankheit! … Oh, das habe ich ja ganz vergessen. Papa kommt dich morgen nach der Schule abholen. Ich glaube, er will mit dir am Mittwoch in den Zoo gehen."

3. Die Geschmäcker sind verschieden

Am Dienstag musste Fabian andere
Symptome erfinden, um den – in
besonders schwer wiegenden Fällen –
Übergang von Blau zu Rot zu erklären.
Aber er war mit dem Herzen nicht mehr
bei der Sache. Er schämte sich dafür,
dass er sich für seine Mutter schämte und
sich dann auch noch bei seinen Freunden

interessant machte und von Julia trösten
ließ.
Vielleicht wusste sein Vater ja einen
Ausweg. Da stand er. Ein richtiger Vater
mit richtigen braunen Haaren.
Er hatte gute Laune. Er hatte nämlich
gerade einen wichtigen Vertrag
unterschrieben und schlug seinem Sohn
vor, das im Restaurant zu feiern. Nur unter
Männern. Und morgen wollten sie in den

Zoo gehen oder irgendetwas anderes unternehmen. Auf jeden Fall wollten sie es sich richtig gut gehen lassen.

„Was machst du denn für ein Gesicht? Stimmt irgendwas nicht?"

„Ach, mir geht's gut. Aber Mama …", jammerte Fabian.

„Was hat sie, ist sie krank?"

„Nein, sie hat rote Haare."

„Sie hat was?"

„Sie hat rote Haare. Knallrote und gelockte Haare. Und davor waren sie blau!", rief Fabian.

„Das gibt's doch nicht!"

Fabian schüttete seinem Vater sein Herz aus, wobei er nichts von der Blausucht erzählte, die ausschließlich für seine Schulfreunde bestimmt war.

Anders als erwartet, krümmte sich sein Vater vor Lachen über dem Lenkrad, als

er von den Verwandlungen seiner Ex-Frau
hörte.

„Und darüber kannst du lachen?"

„Das ist doch lustig, oder?"

„Man merkt, dass du nicht mehr bei uns
wohnst."

Sie verbrachten wirklich einen schönen Abend. Zuerst waren sie in einem italienischen Restaurant, wo es Pizzas gab, die so groß wie fliegende Untertassen waren. Dann guckten sie bis fast 23 Uhr einen Western im Fernsehen. Und wie jedes Mal klemmte sich sein Vater die Finger ein, als er die Schlafcouch ausklappte. Bevor Fabian einschlief, betete er kurz, dass er in schwarzweiß träumen würde.

Im Zoo gefiel es Fabian, weil er die Tiere aus der Nähe sehen konnte, aber er fand ihn auch traurig wegen der Käfige. Vor allem die kunterbunten exotischen Vögel taten ihm Leid. Es musste so schön wie Weihnachten sein, sie in Freiheit auf den Bäumen hocken zu sehen.

Sein Vater zeigte auf einen wundervollen rotblauen Papagei und flüsterte ihm ins Ohr: „Erinnert er dich an irgendjemanden?"
„Sehr witzig."
„Komm schon, nimm's mit Humor. Guck mal, wie schön die Natur alles macht. Vögel, Blumen, Schmetterlinge, die Natur liebt Farben."

„Ich aber nicht, nicht auf dem Kopf meiner
Mutter! Und außerdem sind wir hier nicht
in der Natur, sondern in der Stadt!"
„Eben! Und hier brauchen wir Farben,
mitten in dem grauen Beton. Sag mal, es
ist ja schon 5 Uhr! Ich muss dich nach
Hause bringen."

4. Die Seuche

Fabians Vater war ein wenig überrascht, als seine Ex-Frau die Tür öffnete. Ihre Haare waren unter einem großen Tuch versteckt, das sie sich um den Kopf gebunden hatte.
„Och, und ich habe mich schon so auf Pumuckl gefreut", sagte er enttäuscht.

„Ääh … nein, nicht mehr ganz …", meinte Fabians Mutter verlegen. „Habt ihr euch gut amüsiert?"

Fabian betrachtete seine Mutter aus den Augenwinkeln. Irgendetwas stimmte nicht, was sollte dieses Tuch?

„Los, zeig mal, ich bin nicht so spießig wie Fabian. Ich bin sicher, es steht dir sehr gut."

„Es ist nur … Es ist nicht mehr wirklich rot."

Fabian spürte, dass er gleich explodierte. Seine Mutter wagte es nicht, ihm in die Augen zu schauen.

„Aber doch wohl nicht grün?!"

„Nein, doch nicht grün …! Sagen wir silber."

Während sie das Handtuch vom Kopf wickelte, erklärte sie, dass die verdammte Farbe nicht gehalten hatte.

„Ich bin heute Morgen aufgewacht, da
waren meine Haare altrosa. So wie die
Sessel von Oma. Ich bin sofort los und
habe mir Farbe gekauft, um mir die Haare
selbst zu färben", sagte sie. „Und das ist
das Ergebnis."
Seine Mutter sah aus wie ein Marsmensch
oder wie die Frau von Robocop. Fabian
wusste nicht mehr, mit wem oder was er
seine Mutter noch vergleichen konnte.
Sein Vater strich sich übers Kinn. Er war

zunächst sprachlos. „So schlecht ist es gar nicht. Es macht dich vielleicht ein bisschen älter", meinte er schließlich.

„Ein bisschen! Ich sehe aus, als wäre ich hundert. Wenn du wüsstest, wie ich das bereue!"

„Auf jeden Fall kommst du mich nicht mehr von der Schule abholen, nie mehr!", rief Fabian aufgebracht.

Das Läuten des Telefons unterbrach die Unterhaltung. Fabian stürzte an den Apparat. Es war Julia. Sie hatte eine seltsame Stimme.

„Fabian?… Hast du schon gehört? Meine Mutter hat es auch!"

„Was?"

„Die Blausucht! Aber ihre Haare waren direkt rot. Ist das schlimm?"

„Ääh …“

Fabian hatte mit allem gerechnet, nur nicht damit. Julias Mutter hatte sich die Haare rot färben lassen! Das war ja eine Seuche.

„Soweit ich weiß, geht rot noch. Grün bedeutet das Ende.“

„Ah ja … mein Vater ist ein bisschen grün im Gesicht. Sie haben sich gestritten und seitdem reden sie überhaupt nicht mehr miteinander.“

„Nur Mut, Julia, du musst jetzt stark sein.“

„Ja, du auch, Fabian. Bis morgen.“

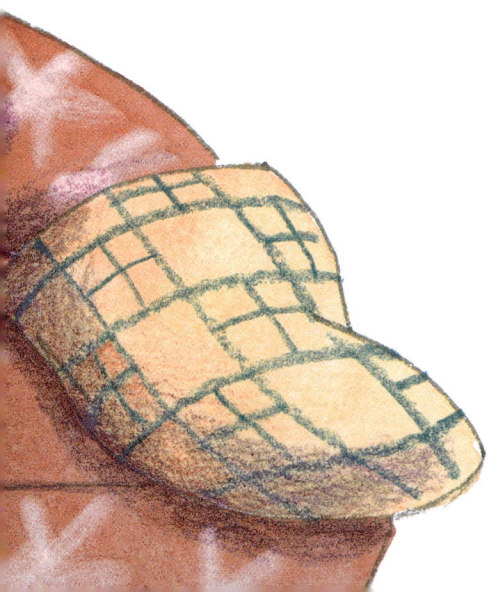

5. Die Heilung

Am nächsten Morgen hatte sich nicht nur
Julias Mutter angesteckt. Die Mutter von
dem dicken Anton hatte es auch erwischt,
und zwar noch schlimmer, weil sie schon
im Endstadium war, also apfelgrün.

Was die Kinder am meisten erstaunte, war die Tatsache, dass ihre Mütter ganz unbekümmert miteinander sprachen und lachten und sich sogar gegenseitig zu ihren neuen Haarfarben gratulierten.

In den folgenden Tagen sahen die Kinder
nicht nur Mütter, die sich mit der
ansteckenden Blausucht infiziert hatten.
Nein, auch im Fernsehen, in den
Zeitschriften, überall sah man Frauen, die
vom Virus der Blausucht befallen waren,
und witzigerweise hatte man bei allen den
Eindruck, dass es ihnen dabei gut ging.

Jeden Morgen erkundigten sich die Kinder gegenseitig nach ihren Müttern.

„Nein, meine hat noch alle Zähne."

„Meiner ist ein Fingernagel ausgefallen, aber nur, weil sie sich mit dem Hammer auf den Daumen gehauen hat", erzählte Anton.

„Meine hat Schuppen auf den Händen, aber nur, wenn sie Fische sauber macht."

„Und wie geht es deiner, Fabian? Es muss schlimm um sie stehen, sie kommt dich ja noch nicht einmal mehr abholen", fragte Julia mitfühlend.

„Unverändert. Aber sie kann es schaffen. Das Virus ist bei uns vielleicht nicht so gefährlich wie in Mexiko. Wegen des Klimas."

„Mmh. Das Komischste ist ja, dass unsere Väter so schlecht aussehen. Das ist wirklich eine seltsame Krankheit."

Nach und nach veränderte sich die
Haarfarbe von Fabians Mutter wieder. Von
silberweiß ging sie über zu mittelgrau und
von mittelgrau zu kastanienbraun. Wenn
es so weiterging, konnte sie in acht Tagen
völlig geheilt sein.
Die ansteckende Blausucht hatte nur eine

kurze Saison. Man sah eine Mutter nach
der anderen vor den Schultoren
verblassen und zu ihrer natürlichen
Haarfarbe zurückfinden.
Auf dem Land gab es noch vereinzelte
Fälle, aber auch die wurden immer
seltener.

Eines Abends saßen Fabian und seine Mutter gemütlich vor dem Kamin im Wohnzimmer. Frau Delorme blätterte in einer Frauenzeitschrift.

„Oh, schau mal, das ist lustig, nicht wahr?"

Auf den Fotos sah man Models mit rasierten Köpfen, auf die mit einer Haarschneidemaschine Schachbrettmuster, Buchstaben und alle möglichen anderen Muster rasiert worden waren.

„Mama! Du wirst doch nicht …"

Fabian sah in den Augen seiner Mutter die ersten Anzeichen einer neuen Krankheit aufflackern.

Der Blaue Rabe – Für Leseprofis

Lesestufe 3 ab 3./4. Klasse

ISBN 3-473-**34040**-5

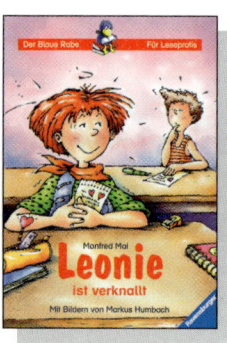

ISBN 3-473-**34088**-X

ISBN 3-473-**34097**-9

ISBN 3-473-**34142**-8

ISBN 3-473-**34151**-7

ISBN 3-473-**34153**-3